Jean-François Chabas

Les sorcières de Skelleftestad

tome 1 : L'étrange mariage de Nils Swedenborg

Médium
l'école des loisirs
11, rue de Sèvres, Paris 6e

Du même auteur à *l'école des loisirs*

Collection MÉDIUM

L'ange du Namib
La boxe du Grand Accomplissement
La Charme
Le jardin de l'homme-léopard
Les cinq bonheurs de la chauve-souris
J'irai au Pays de licornes
Journal de Mac Lir
Les Monts de l'Éléphant
Perce-Neige et les démons
Prières
La Reine des heures
Saia
Les voyages d'Ino

Loi n° 49.956 du 16 juillet 1949 sur les publications
destinées à la jeunesse : septembre 2010
Dépôt légal : septembre 2010
Imprimé en France par Hérissey à Évreux (Eure)
N° d'impression : 114540

ISBN 978-2-211-20161-2

Pour Johanna,
tack !

1

Notre père, Nils Swedenborg, est si gentil. Toujours prêt à rendre service, attentionné presque à l'excès, d'une inébranlable tendresse. Il est aussi travailleur, et fort doué de ses mains. On ne connaît pas de meilleur charpentier. Non seulement il est habile et minutieux, mais malgré ses cinquante-deux ans il a conservé une belle énergie et soulève une poutre de frêne comme si elle était faite de carton.

Ce n'est pas non plus un mauvais cuisinier; il lui arrive souvent de réussir d'excellents ragoûts, et de merveilleux gâteaux.

Sa fidélité est celle d'un chien de berger. Il n'a qu'une parole. Je ne l'ai jamais entendu mentir.

Il est bel homme, autant qu'une fille puisse juger l'apparence de son père.

Quel que soit le temps, quoi qu'il arrive, il est gai. Un vrai pinson, toujours à siffler ou à chanter.

Oui, vraiment, que de qualités.
Si seulement il n'était pas aussi bête.
Cela lui aurait évité d'épouser une sorcière.

2

Ma mère, la sorcière, a rencontré mon père alors que les trente ans de ce dernier étaient bien passés, et qu'il n'avait jamais trouvé à convoler.

C'est-à-dire que, jusqu'alors, les choses s'étaient toujours déroulées à peu près de la même façon (je n'étais évidemment pas là pour assister à ces tristes événements, mais on m'en a parlé ; vous pouvez compter sur les bonnes âmes qui adorent répéter des histoires drôles, surtout si elles sont cruelles aux oreilles de ceux qui les entendent).

Une fille se disait, ho-ho, ce charpentier est un sacré beau garçon, et un rude travailleur. Il siffle comme un joli merle. Un futur mari !

Elle l'entreprenait à sa manière – mon père était trop timide pour faire le premier pas –, et bien entendu il lui souriait, se montrait aimable, ce qui faisait que la fille se frottait les mains derechef, c'était dans la poche, elle pouvait se mettre en quête de la robe blanche et du trousseau.

Las, il fallait bien que mon père prononçât quelques mots, et c'était à ce moment que tout se gâtait. Affaire de bien peu de temps : les plus avisées s'en allaient en pouffant, d'autres tapaient du pied et donnaient une gifle au beau charpentier en pensant qu'il se moquait d'elles. Certaines persévérantes s'accrochaient encore un peu à sa compagnie, essayant de se persuader qu'il devait être fatigué, qu'il s'agissait d'un égarement passager, mais l'inlassable assaut de stupidité venait à bout de leur patience, comme la marée montante engloutit le château de sable.

C'est assez difficile à affirmer, mais je ne crois pas que mon père ait souffert de cet état de fait. Comme je l'ai dit, il avait toujours été doté d'un heureux caractère, et la nature, si bien faite, le privait d'une épouse mais l'empêchait d'en être tout à fait malheureux. Une planche, des clous, une cheville de bois dur à ouvrager, des camarades qui se moquaient de lui mais auxquels il trouvait toutes les qualités, cela lui suffisait.

Nils Swedenborg s'apprêtait simplement à demeurer vieux garçon ; la cause était entendue, dans son village de Skelleftestad comme alentour : on ne trouverait personne qui veuille de cet idiot, sauf s'il se dégotait une promise aussi bête que lui, mais cette perspective ne faisait pas frissonner d'horreur, car c'était vraiment très peu probable.

Un jour, Ingrid est arrivée au village. On l'a remarquée parce qu'elle était étrangère, mais surtout parce que, s'arrêtant sur la place du marché près d'un chat qui se nettoyait la patte, elle s'est penchée vers l'animal et lui a demandé :

– Quoi ? Tu peux me répéter ça ?

Ensuite, elle lui a donné un coup de pied. Il a répliqué par un de ces cris infernaux dont les chats ont le secret, mais Ingrid ne s'est pas démontée.

– Encore une insolence, et tu en reçois un autre.

Ce n'est que beaucoup, beaucoup plus tard, alors que je racontais à ma mère ce qui m'avait été rapporté sur son arrivée à Skelleftestad, qu'elle m'a expliqué :

– Oui, oui… je me souviens très bien de ce chat. Figure-toi ! J'avais à peine mis un orteil dans le village que je passe devant lui, et je l'entends marmonner : « Celle-là m'a l'air d'avoir de sacrées jolies fesses. » Est-ce que je pouvais laisser passer ça ? Je te le demande ?

– Mais, maman, les chats n'ont pas l'habitude que les humains les comprennent.

– Eh bien, celui-là, il y réfléchira à deux fois, avant de… hou, hi, hi ! Ma fille, je me souviens encore de la tête qu'il faisait !

Ma mère dit souvent « hou, hi, hi ». C'est un des trucs pour reconnaître une sorcière, comme le fait qu'elles entendent le langage des chats. Évidemment, il faut le savoir.

Ce jour-là, celui du chat grivois, Ingrid (qui allait devenir ma mère, n'est-ce pas), après avoir rajusté sa belle robe de velours pourpre et renfoncé sur sa tête son chapeau à larges bords, a un peu traîné sur la place de Skelleftestad en regardant les étals du marché avec la condescendante méfiance d'une grande dame rendant visite au bas peuple. Ce qui est, c'est bien connu, la plus sûre façon de se rendre sympathique quand on arrive dans un village. Elle a été immédiatement haïe par l'ensemble de la population féminine, d'autant qu'elle était d'une remarquable beauté ; les hommes, eux, lui adressaient des sourires béats.

3

Qui était la belle inconnue? Elle s'était installée à l'auberge, avec pour tout bagage un grand sac de cuir vert qui semblait lourd comme une vache, mais qu'elle portait avec une facilité laissant présager de l'énergie. Simplement, quand elle le posait sur un plancher, celui-ci ployait, eût-on dit, sous la masse d'une enclume de forgeron.

Encore un truc de sorcière. Je dirais combien elles peuvent être fortes, que personne ne me croirait.

Pour son premier repas, Ingrid avait demandé une soupe aux yeux de mouton.

– Nous ne préparons pas ça, avait répondu l'aubergiste, partagé entre son attirance pour sa ravissante cliente et son écœurement devant cette exigence culinaire.

– Vous avez bien des moutons dans ce village? Vous avez un boucher? Alors demandez-lui des yeux.

Je vous expliquerai la recette, ça se fait très vite. Allez, allez ! Qu'est-ce que vous faites là ? Au travail !

Les femmes avaient triomphé.

– Vous voyez ? Elle est répugnante !

– Dégoûtante !

– Révoltante !

Les hommes avaient protesté. C'était sûrement une coutume, une respectable tradition que l'étrangère avait importée de son mystérieux pays. Après tout, les yeux de moutons, que pouvait-on y redire, tant qu'on ne les gobait pas sur les bêtes vivantes dans le troupeau…

Assez vite, les femmes en étaient arrivées à la conclusion que ces crétins de la gent masculine eussent trouvé tout à fait charmant que l'étrangère mâchouillât des limaces ou gobât des moucherons. Sa beauté faisait d'elle une sorte d'être à part, qui échappait aux convenances du tout-venant. Il s'agissait de rendre leur raison à ces mâles en découvrant les défauts de l'intrigante. Elle devait faire bien pis que de manger des yeux de mouton. Chacune des villageoises savait qu'une femme ravissante a forcément hérité sa beauté de quelque hideux pacte secret.

Il fallait bien qu'il y eût une justice.

C'était le boucher le plus heureux. Au lieu, comme il l'avait toujours fait, de jeter aux chiens les yeux des moutons abattus, il les faisait payer à l'aubergiste, et c'était doublement agréable, de gagner du bon argent et de savoir que la déesse en robe rouge mangeait ses yeux, à lui. (C'était du moins ainsi qu'il percevait les choses. « Mange mes yeux, ma jolie », marmottait-il pendant que son épouse tranchait hargneusement du lard à grands coups de hachoir, dans l'arrière-boutique.)

C'est quand Ingrid s'est mise à reluquer, un par un, tous les mâles de Skelleftestad, que les femmes du village sont devenues enragées. Traînant les plis et les replis de sa robe rouge, la nouvelle arrivante, dans la rue, dans quelque lieu public, s'approchait d'un homme, qu'il fût jeune ou vieux, maigre ou gras, elle le toisait comme s'il s'était agi d'un cheval à acheter, et elle lui posait, à brûle-pourpoint, les questions les plus saugrenues :

– Cinq fois sept ? Combien ça fait ? Neuf fois trois ?

– Quel est le prénom du roi ?

– Es-tu marié ? Aimes-tu ta femme ?

– Dors-tu paisiblement aux nuits de pleine lune, ou as-tu des insomnies ?

– Tu es riche, n'est-ce pas ? Oui ? Non ?

– As-tu déjà vu un harfang noir ?

– Te souviens-tu de la tribu Venda ?

– Qu'est-ce que tu penses du lièvre à une oreille ?

– Est-ce que tu offrirais un collier précieux à une femme aimée ? Un collier très précieux ?

– Que penses-tu de la mer, des vagues creuses du vent de terre et des vagues plates du vent de large ?

Cette fois, les femmes avaient exulté.

– Elle est folle comme un lapin !

– Complètement brindezingue !

Mais les hommes, pleins de langueur ou d'excitation – de langueur excitée peut-être bien –, avaient soupiré :

– Comme elle est originale ! Quel romantisme ! Elle est si surprenante !

Ils se souvenaient du contact des doigts frais d'Ingrid sur leur avant-bras, de son sourire ensorcelant, de ses envoûtants yeux jaunes…

Tiens, oui, des yeux jaunes.

Voilà qui était inhabituel. On n'en remarquait la couleur que quand la belle vous fixait, mais alors, on ne l'oubliait plus. Des iris topaze. Rare. Très rare. Un peu bizarre, pour tout dire. Ou plutôt très bizarre.

– Des yeux de sorcière ! avait glapi Ulla, de sa voix de fausset. Ulla la mercière était la pire peste, la plus grande commère de tout Skelleftestad ; d'ordinaire on ne l'écoutait pas, ou on s'amusait de ses médisances et autres complots, mais le mot « sorcière » a éclaté aux oreilles de tous, comme un drôle de feu d'artifice.

Il était indéniable que l'étrangère avait un je-ne-sais-quoi maléfique.

– Brûlons-la ! avait crié Ulla, pleine d'entrain.

Les femmes, quoique bien exaspérées par le charme de leur nouvelle rivale, s'étaient regardées avec un brin d'inquiétude. Passer cette intrigante au bûcher, il y avait peut-être là quelque excès.

4

Pour les hommes, il eût été scandaleux de battre le briquet afin de réduire en cendres l'objet de leur vénération. Qu'on n'y voie pas là, de leur part, une grande noblesse. Les remarques qu'ils se faisaient in petto étaient plutôt triviales. Le forgeron se disait :

– Cette fille-là, pas question qu'on y touche avant que je l'aie… hé, hé !

Le boucher, lui, pensait :

– C'est bien la première personne qui me fait gagner de l'argent avec des yeux de mouton, il n'y a pas de petit profit. Et puis je ne veux pas qu'on lui fasse du mal avant que j'aie eu le temps de la… hé, hé !

L'aubergiste songeait en lui-même :

– C'est un client qui paie rubis sur l'ongle. En plus, elle attire les hommes qui sous prétexte de venir boire un coup en profitent pour la reluquer. Et un de ces jours, dans sa chambre, je réussirai peut-être bien à la… hé, hé !

Jusqu'aux écoliers dont la lèvre supérieure ne s'ornait même pas encore d'un fin duvet, mais qui prétendaient, eux aussi, à des « hé, hé ».

Foi de Johanna, et comme me l'a trop souvent répété ma mère, les hommes sont des cochons. (Enfin, c'est le terme qu'elle emploie quand elle est de bonne humeur.)

Il n'était donc plus question, pour l'instant, de brûler la belle à la robe rouge, mais les femmes de Skelleftestad n'allaient pas laisser leurs maris, leurs galants, ni même leurs frères ou leurs fils, à la merci de l'intrigante aux yeux jaunes, aux manières délurées et aux questions tordues. Il s'agissait de changer de technique. Au lieu de lui battre froid comme elles l'avaient fait dans un premier temps, les femmes sont venues, l'une après l'autre, mielleuses, lui expliquer comment la vie au village pouvait être désagréable – et encore, si elle savait combien cela empirerait en hiver. Mais pour quelqu'un qui n'était pas forcé de séjourner à Skelleftestad, cloué là par de sinistres obligations, il y avait mille agréments à d'autres endroits, tenez, deux jours de route à peine, et on dénichait la petite ville de Vindeln, qui, elle, possédait tant de merveilleux attraits.

– Vous péchez par excès de modestie, répliquait ma mère, avec, sur le visage, une expression de douce rêverie. C'est charmant, et tant d'humilité vous honore… Vous me donnez encore plus envie de rester chez vous. De nos jours, on trouve si peu de gens de qualité…

– Mais je vous assure que Vindeln…

– Tututut ! Vous avez le droit d'être fière de votre splendide village, et de son exquise population ! Ne vous dénigrez pas ! Plus rien ne m'ôtera de la tête que j'ai trouvé ici mon petit paradis !

Dire du bien de Vindeln écorchait affreusement la langue des villageoises de Skelleftestad, puisque, ainsi que c'est souvent le cas entre bourgs voisins, leurs habitants se détestaient avec une véhémence toute particulière. Mais c'était, cette fois, pour la bonne cause. Elles n'eussent pas tari d'éloges sur l'enfer, si cela avait pu y conduire la rivale aux yeux topaze. Ulla elle-même s'était jetée dans la bataille ; abordant ma mère comme par hasard, au détour d'une ruelle, la mercière avait grimacé un affreux sourire et tapoté l'épaule d'Ingrid.

– Je vous vois très bien à Vindeln. C'est un endroit fait pour vous. On y trouve beaucoup de grandes dames dans votre genre. Croyez-moi !

– Comme c'est gentil de vous préoccuper de mon bien-être, lui avait répondu ma mère. Savez-vous que j'ai croisé votre mari hier ? C'est un très bel homme ! Et je m'y connais !

Ulla avait manqué en avaler une des aiguilles qu'elle gardait toujours coincées au bord de ses lèvres, par habitude professionnelle. En fait, c'était plus curieux que cela : elle avait eu l'impression qu'une des aiguilles – la plus longue et la plus pointue du petit fagot d'acier – s'était échappée de ses lèvres, comme de sa propre volonté, était allée se planter une ou deux fois dans son palais, à l'intérieur de ses joues, puis était d'elle-même revenue à l'angle de sa bouche. Mais bien entendu c'était impossible. Impossible. Elle sentait pourtant bien encore les piqûres sur ses muqueuses… Ma mère avait posé ses mains sur les hanches.

– Savez-vous, chère madame, ce qu'il me faudra, ici, au village, pour me réchauffer quand l'hiver sera là ? Une bonne flambée ! Hou, hi, hi ! Une bonne flambée ! Vous viendrez m'aider à l'allumer !

5

Bien peu de choses échappent à l'entendement d'une sorcière. Lire dans l'esprit des villageois était pour ma mère un jeu d'enfant. Elle savait ce qui se tramait, elle connaissait l'exact sentiment de chacun à son égard, et, n'étant pas du genre à réclamer l'affection des dames ou le respect des hommes, elle s'en amusait.

Je pourrais discourir des heures sur ce qu'elle devinait des prétentions grotesques des habitants de Skelleftestad, prétentions qu'elle m'a rapportées plus tard entre deux éclats de rire. Mais il faut bien, pour justifier ma présence et celle de mes sœurs, que mon père intervienne à quelque moment de ce récit. Le voici qui entre en scène.

En dehors de son travail, où il passait presque tout son temps, et des parties de cartes au cours desquelles il se faisait plumer avec d'autant plus de bonne grâce qu'il ne se rendait pas compte des tricheries éhontées de ses partenaires de jeu, mon père menait une existence assez solitaire. Orphelin déposé au seuil du temple luthérien de Skelleftestad par une nuit d'hiver, sans frère ou sœur qu'il connût, il n'avait donc pas de famille. Il vivait dans une petite maison qu'il avait construite de ses mains dès qu'il avait été capable de le faire, après avoir vécu dans la demeure du pasteur qui l'avait hébergé avant de mourir le jour des dix-sept ans de Nils Swedenborg. Ce pasteur, Lars Swedenborg, était parti bien inquiet vers sa résidence céleste, car, ayant élevé le jeune Nils, il était le mieux placé pour se rendre compte de la crétinerie abyssale de son fils adoptif. S'étant efforcé de lui apprendre le latin, pour finir par comprendre qu'il aurait plus de facilité à enseigner le jonglage de cirque à un veau, puis ayant dépensé une considérable énergie à tenter de faire entrer – sans le moindre résultat probant – la table de multiplication dans le crâne du jeune Nils, il avait baissé les bras.

Sans grande conviction, il avait mis l'enfant en apprentissage chez un charpentier de ses amis, mais peu de temps après, une pneumonie avait emporté Lars, ne lui laissant pas le temps de reprendre espoir :

Nils avait montré de grandes capacités dans l'art de la charpente. Trois ans après avoir été embauché, il avait fait partie de l'équipe de quatre hommes qui, par quelque coup du sort, avait refait la toiture du temple devant lequel on l'avait abandonné.

À trente ans passés, il était demandé à des lieues à la ronde ; il était dorénavant considéré comme un maître charpentier. Certes, il fallait beaucoup de temps pour expliquer ce qu'on attendait de lui – le mieux était encore de le faire par gestes ou de gribouiller un croquis –, mais une fois qu'il avait compris, son travail était rapide, précis. De la belle ouvrage. C'était également un homme si débordant de gaieté et de réelle bonté qu'on lui pardonnait sa sottise ; on évitait cependant de rester trop longtemps en sa compagnie, car tenir une conversation avec Nils Swedenborg, on le savait, conduisait en général à d'atroces migraines. Une fermière était devenue à moitié folle en essayant, pendant plus d'une heure, d'expliquer à mon père qu'il n'avait jamais été question de traire une volaille pour faire du lait de poule.

Nils Swedenborg, mon père chéri qui n'était pas encore mon père, courait justement vers le temple pour assister à l'office luthérien qu'il ne manquait jamais, absolument jamais, quand, marmonnant par avance un cantique entre deux foulées, il a renversé ma mère. Cette dernière était en train de se moquer d'un chat, à voix basse, lui disant qu'un animal possédant un peu de dignité ne se lèche pas à certains endroits, surtout en public.

Le choc a été rude ; mon père, solide gaillard, a envoyé valser Ingrid directement sur le chat, qui en a profité pour griffer ma mère à l'oreille, avant de s'enfuir comme s'enfuient les chats, qui disparaissent, pourrait-on dire.

– Ouh là ! Ouhyalàlà ! a gémi mon père devant le spectacle d'Ingrid vautrée sur les pavés, jambes en l'air, la tête dans ses jupons.

– Je suis désolé de m'excuser pour vous demander pardon, a-t-il clamé, écartant ses grands bras.

Puisque c'est de ma mère qu'il est ici question, je ne peux pas répéter ce qu'elle a répondu à mon père. Les sorcières, chacun le sait, ne sont pas toujours un modèle de bonne éducation.

Nils Swedenborg a encore gémi, et tendu la main pour aider Ingrid à se relever. Mais elle s'est retrouvée debout, d'un coup, comme si un marionnettiste avait tiré sur des cordes.

– Mince ! Comment c'est que vous faites ça ? a demandé mon père.

Ma mère s'est maudit d'avoir, sous le coup de la colère, effectué un tour un peu trop voyant.

– Faire quoi ?

– Meuh, hop ! Toute droite, là !

« Bon sang, j'ai déniché une bête de concours », s'est dit Ingrid la sorcière ; elle en a aussitôt éprouvé du soulagement. C'était une très bonne chose d'avoir exécuté son malheureux petit numéro devant un ahuri, d'autant qu'il n'y avait pas eu d'autre témoin de la scène.

– C'est de famille, nous sommes très souples, a-t-elle déclaré en défroissant sa robe du plat de la main.

– Ben alors vraiment souples que c'est pas croyable d'être souples comme ça, qu'on peut dire que ça, c'est de la souplesse, euh, souple.

« Concours international, a pensé ma mère. Celui-là, je pourrais me transformer en courgette devant lui, j'expliquerais qu'on a des cousins légumes, il y croirait. »

– Souple, et… d'une… d'une belle beauté. Une beauté très… jolie, a ajouté mon père en rougissant, le fer d'un de ses souliers crissant sur le pavé noir.

C'était la première fois qu'il éprouvait cette drôle de sensation. Jusqu'alors, lorsque les filles lui avaient tourné autour avant de prendre leurs jambes à leur cou devant ses âneries, il n'en avait éprouvé qu'une sorte de gêne, un embarras qui se résumait, somme toute, à des questions : Qu'est-ce que c'est qu'elle me veut ? Pourquoi qu'elle sourit bizarrement tout le temps ? C'est tout trop compliqué ce qu'elle dit.

– Joliment ravissante de beauté, une espèce de beauté qui… grise ? Grisante ? Griseuse ? Grisanteuse ! a-t-il précisé, enhardi par son enivrante et inédite émotion.

« Moon Dieu ! » s'est dit Ingrid, et il en faut vraiment beaucoup pour qu'une sorcière évoque le ciel.

6

«Je m'en vais me débarrasser de ce demeuré, ça ne va pas traîner», a marmonné ma mère, dans sa barbe, tandis que mon père continuait à flirter à sa façon.

– Ah oui, on peut dire que vous êtes superbement belle de joliesse, avec vos yeux jaunes comme… du jaune d'œuf, et vos cheveux qui font une, une chevelure, et puis vos genoux que je n'aurais pas dû voir normalement, mais ce qui se passe c'est que vous étiez sur le dos comme une tortue avec les jambes en l'air, alors on voyait vos genoux et ils sont très très beaux…

«Bon. Personne pour nous observer. Je vais transformer ce crétin en… en lampe à pétrole, tiens. J'ai justement besoin d'une lampe à pétrole.»

Bien loin de se douter des maléfiques intentions de la belle Ingrid, Nils Swedenborg continuait son habile conquête.

– Vous voyez, c'est n'importe qui qui aurait été ridicule, les quatre fers en l'air, mais vous, vous êtes si belle que vous étiez pas ridicule. Enfin si, quand même un peu, faut être honnête, mais juste un tout petit peu. On pourrait dire que votre beauté était plus forte que votre ridiculerie.

« On y va pour la lampe ! » a grincé ma mère ; elle a crispé ses doigts en se préparant pour le sort.

« Oui, mais si un de ces sales villageois visqueux était en train de nous espionner, caché derrière ses rideaux comme un sale cloporte ? Oh, et puis zut, ça vaut le coup, il m'énerve trop, le joli cœur à la tête pleine d'eau. »

Elle s'est à nouveau tendue pour le sort… Puis elle a eu l'illumination.

« Mais… Ingrid, ma fille ! Réfléchis ! C'est lui ! c'est l'homme qu'il te faut ! L'homme de tes rêves ! La réponse à tes questions ! Tu pourras lui faire croire tout ce que tu voudras ! Il avalera des crocodiles plus facilement que des couleuvres ! Un cerveau pareil, tu n'en rencontreras pas deux. »

Levant une main autoritaire, elle a tari le torrent tumultueux des compliments de Nils Swedenborg, qui était en train de s'attaquer aux joues d'Ingrid, les comparant à des pommes, euh non, plutôt des prunes, mais pas des prunes vertes, ça ne serait pas joli des joues vertes… Ou bien des pêches, mais alors pas n'importe quelles pêches, les pêches de vigne elles sont rouges et ça fait une figure d'alcoolique, et vous n'avez pas du tout une figure d'alcoolique, encore qu'il y en a chez qui ça se voit pas…

– Cher monsieur, savez-vous que vous n'êtes pas laid ?

Mon père a cru défaillir de bonheur. Combien de fois nous a-t-il raconté cette histoire, à mes sœurs et à moi ? La rencontre enchantée. Bien entendu, sa version diffère un peu de celle de ma mère. Il ne saura jamais combien il est passé près de devenir une lumière.

Au sens propre.

Faut-il le préciser ? Dans les heures qui ont suivi cette collision, Ingrid a mis mon père à ses genoux, en moins de temps qu'il n'en faut pour empocher un caillou. Nils Swedenborg était le charpentier le plus heureux du monde. Ingrid, la sorcière la plus satisfaite.

Quant à la population de Skelleftestad, elle était partagée. Les hommes, bien sûr, étaient fous de rage. Qu'est-ce que la belle inconnue pouvait bien trouver à l'autre andouille ?

Qu'est-ce qu'il avait de plus qu'eux, avec sa cervelle d'huître ? Hein ? Hein ?

Chez les femmes, deux courants s'affrontaient. Certaines disaient que c'était une excellente chose de voir enfin cette intrigante rivale occupée à une cible précise. D'autres argumentaient que, même si ces amours aboutissaient à quelque cérémonie nuptiale, le genre de femme qu'était Ingrid ne serait pas arrêtée par sa condition d'épouse. Mariée, elle demeurerait un danger pour la gent féminine.

– Celles-là, elles continuent à asticoter les hommes jusqu'à ce qu'elles soient mortes et enterrées, prétendait Ulla, qui gardait un souvenir fort désagréable de sa conversation avec Ingrid.

Les écoliers, dépités, ont décidé que la belle étrangère devait être démoniaque. La preuve, elle avait fait manquer le rite du temple à Nils Swedenborg, et c'était bien la première fois que cela se produisait depuis que Nils était en âge de marcher. Puisqu'elle les faisait désormais beaucoup moins rêver, maintenant qu'elle s'affichait avec le stupide charpentier, et qu'il leur arrivait – horreur – d'imaginer les amoureux dans les bras l'un de l'autre en train de se livrer à ce qu'ils eussent tant aimé faire eux-mêmes, oui, on pouvait la déclarer démoniaque, cette femme. Finalement, c'étaient eux qui étaient le plus près de la vérité. Savoir à quel point les eût bien effrayés.

7

Quand il s'est agi de décider la date du mariage, les tourtereaux se sont rendu compte qu'ils n'avaient ni l'un ni l'autre de famille proche. On sait ce qu'il en est de mon père. La sorcière, ma mère, s'en est félicitée. Un homme seul est plus facile à berner qu'une famille entière, d'autant que dans ses rangs il se fût forcément trouvé des membres moins crédules que Nils Swedenborg, décidés à enquêter un peu sur la fiancée du charpentier. Autant de tranquillité gagnée.

Ingrid, lorsque son prétendant lui a posé des questions sur ses proches parents, a déclaré à Nils, les larmes perlant au coin de ses ravissants yeux jaunes, que sa propre famille avait été entièrement anéantie par une terrible épidémie.

– Ah bon ?

– Oui, hélas, oui…

– La rougeole ? a demandé Nils Swedenborg, sous le coup de l'inspiration.

– C'est ça ! La rougeole ! a répondu ma mère, étouffant un fou rire en cachant son visage dans ses mains.

– Ne pleurez pas, je suis là, maintenant. Vous ne serez plus jamais seule.

– Enfin ! Enfin une épaule sur laquelle me reposer ! J'en étais venue à désespérer ! Qu'est-ce qu'une faible femme, abandonnée dans ce monde impitoyable ?

– Pas grand-chose, faut bien dire…

– N'est-ce pas ?

– Mon Ingrid !

– Mon Nils !

J'imagine que certains trouveront assez cruelle l'attitude de ma mère. À ceux-là je répliquerai que, premièrement, la cruauté est tout de même un apanage de la sorcière. Une sorcière douce et câline, ce n'est plus une sorcière, c'est un lapin angora. Et on ne choisit pas plus d'être sorcière que de naître blonde, brune ou rousse. Deuxièmement, on peut parler de cruauté si on fait souffrir quelqu'un. Et Ingrid ne faisait pas souffrir Nils Swedenborg, bien au contraire.

On eût pu, en cherchant la petite bête, trouver à cette sorcière un léger manque de franchise envers son promis. Mais que celui, ou celle, qui n'a jamais menti lui jette la première pierre. Ingrid est tout de même ma mère. Elle a des qualités. Si. Elle en a.

Quoi qu'il en soit, bien des mariages se sont construits sur le mensonge, pour des tas de raisons, assez souvent financières. On ne montre pas du doigt une jeune femme qui s'est trouvé un époux fortuné, au contraire, on la félicite d'avoir fait un beau mariage, même si on sait que les sentiments n'y sont pas pour grand-chose. À mon avis, il y aurait sacrément à redire là-dessus. Sur celles qui se vendent. Ma mère, elle, n'était pas intéressée. D'ailleurs, malgré son grand talent de charpentier, mon père n'a jamais été un homme riche. Il ne l'est toujours pas. Sur les tarifs de ses travaux, comme sur tout le reste, il se fait détrousser comme au coin d'un bois. On le paye des clopinettes. Quand il a connu ma mère la sorcière, il gagnait tout juste sa vie, là où d'autres se fussent rempli les poches. Alors non, Ingrid n'épousait pas Nils Swedenborg pour quelque raison vénale.

Une difficulté se présentait, pour celle qui allait devenir ma mère. Le temple luthérien. Dans ces contrées reculées, plus encore qu'ailleurs dans le pays, on ne plaisante pas avec la religion, et l'idée d'un mariage civil était quasiment risible. Nils Swedenborg étant aussi croyant qu'on peut l'être, il se fût évanoui d'effroi si Ingrid lui avait suggéré d'éviter le temple. Mais les sorcières sont allergiques aux religions du Livre. Faites-les entrer dans une église, une mosquée, une synagogue ou un temple, le résultat ne se fera pas attendre.

Quand je dis qu'elles y sont allergiques, ce n'est pas une figure de style. À peine ont-elles franchi le seuil d'un édifice religieux qu'elles sont malades à crever. Et il n'existe aucun sort contre cela.

Ingrid a choisi une tenue de mariée particulièrement couvrante, relevant plus de la tente canadienne que de la robe de princesse. Lotta, la couturière de Skelleftestad, n'était pas la moins jalouse du village, mais son esprit féminin se cabrait contre cette étrange préférence.

– C'est quand même dommage ! On ne vous verra pas du tout ! se lamentait-elle pendant les essayages.

– Hou, hi, hi ! Tant mieux ! Tant mieux !

– Pardon ?

– C'est-à-dire… je suis d'un naturel timide ; j'aime l'idée d'être un peu dissimulée…

– Oui, mais là, on ne vous verra pas.

– J'ai dit que c'était parfait ! Bon sang ! Puisque je vous explique que je suis timide ! Timide ! Ce n'est pas difficile à comprendre ! a presque hurlé ma mère, en fusillant Lotta du regard.

L'espace d'un instant, elle avait songé à la transformer en cafetière, mais du calme, du calme. Chaque chose en son temps.

8

La date de la noce approchait. Pour les courtes fiançailles, mon père avait offert à ma mère une bague en or rose couronnée d'un rubis. C'était un bijou d'une grande beauté ; Ingrid la sorcière s'en était trouvée surprise. Nils Swedenborg pouvait étonner son monde. Après l'avoir un peu fréquenté, on ne se risquait plus à attendre de lui quelque manifestation d'esprit, mais on pourrait dire que sa bonté forçait, à l'occasion, le lourd portail, aux gonds grippés, de sa pensée. Sa gentillesse extrême produisait une sorte d'intelligence autonome qui le guidait, parfois, à offrir le cadeau idéal.

Glissant la bague à son doigt, Ingrid avait été saisie d'une joie pure, exempte de toute forme de sarcasme, sentiment somme toute assez inhabituel chez une sorcière, et elle avait embrassé mon père avec, au cœur, le petit pincement qu'on éprouve à rouler dans la farine quelqu'un qui ne le mérite pas.

Les sorcières haïssent les hommes ; mais il doit y en avoir qu'elles détestent un peu moins que les autres.

– Alors, Nils, demandaient à mon père les mâles du village, on a des talents cachés ?

– Quoi ? Des quoi ?

– Hé, hé ! Pour la fille ! Hé, hé !

– Hé, hé ?

– Ben oui, tu sais, hé, hé, pour la séduire… Tu as sorti tes talents cachés ?

Le dépit les faisait sourire jaune.

– Ah, euh, non non, enfin… si ! J'ai un truc pour faire tenir les solives faîtières sans chevilles.

– Hein ?

– C'est mon talent caché de charpentier. Personne d'autre sait faire pour les solives faîtières sans chevilles. Mais… je pourrais pas vous dire que c'est exactement comme ça que j'ai séduisi Ingrid. Elle n'a pas l'air très tellement intéressée par mon métier. Ou peut-être qu'elle est intéressée mais ça se voit pas. Les femmes, c'est compliqué.

Les hommes s'en allaient en maudissant Cupidon,

qui devait avoir perdu tout sens commun, à lancer ainsi ses flèches n'importe où.

Ingrid vivait toujours à l'auberge, mon père, dans sa petite maison. Ils se rencontraient en terrain neutre, c'est-à-dire qu'ils n'allaient jamais chez l'un ou l'autre. C'eût été bien trop inconvenant, après tout, ils n'étaient pas encore mariés. Alors, ils faisaient de longues promenades dans les forêts de bouleaux alentour, ou ils marchaient sur la grève, laissant les vagues mourantes caresser leurs pieds, leurs chevilles.

La mer, en cette saison d'automne, commençait à s'agiter, aussi était-ce dans la Skellefte qu'ils se baignaient, notre rivière aux eaux bleues, et ils en sortaient transis, s'agitant sur place et se tapant les côtes du plat de la main pour ne pas périr de froid. Exactement comme nous le faisons aujourd'hui, Agnes, Greta et moi. Il faut un certain courage pour nager dans ce courant polaire.

Je sais beaucoup de choses sur ce qui s'est passé avant ma naissance, mais ma mère, d'ordinaire peu embarrassée pour ricaner d'à peu près tout, est peu diserte quant à cette période.

Je crois que c'est parce qu'elle a vécu là des moments romantiques. Et – croyez-moi sur parole –

pour qu'une sorcière avoue être, ou avoir été, sensible au romantisme, on peut se lever de bonne heure.

Elle me dit donc, quand j'insiste :

– Oui, oui, c'est vrai, nous nous promenions comme deux benêts, main dans la main. Ton père parlait sans arrêt, il faisait des projets à la noix, et je lui souriais, bien obligée. Nom d'un chien qu'est-ce que je devais avoir l'air godiche !

Elle ne trompe personne. Pas moi, en tout cas. Je sais qu'elle a passé là des heures qu'elle n'oubliera jamais, qu'elle continuera à chérir en secret au fond de son cœur, même si elle doit vivre cent ans.

Non mais, quelle idiotie, ce que je viens de dire. Ma mère a déjà vécu beaucoup plus de cent ans, et il lui reste encore des siècles à passer sur cette terre. Évidemment, puisque c'est une sorcière. On sait que, pour les chiens, une année équivaut à sept années humaines. Chez les sorcières, c'est l'inverse. Sept ans d'humain valent une année de sorcière. Bo, une des collègues de ma mère, vient tout de même de fêter ses six cent soixante-quatorze ans. Elle a très bien connu Gustav Vasa le Premier, quand il a été élu roi par le Riksdag de Strängnäs.

9

Le jour du mariage est arrivé.

Jusqu'alors, Ingrid la sorcière avait réussi à éviter le temple. Il est certain que l'esprit simple de mon père avait grandement facilité les choses. Chaque dimanche, ma mère s'était échinée à trouver un prétexte pour ne pas aller à l'office. Un coup elle s'était tordu la cheville, un autre coup elle avait un rhume, une fois elle avait reçu une escarbille dans l'œil, une autre fois c'était une otite qui la faisait souffrir.

« Elle n'a vraiment pas de chance », se disait mon père.

« Hou, hi, hi ! » pensait ma mère.

Mais en ce jour de liesse, c'en était fini des excuses tordues. Il y avait un mariage sur le feu ; Ingrid ne couperait pas au temple.

Il est d'usage que le fiancé ne voie pas la robe de sa promise avant la cérémonie. Nils Swedenborg a donc découvert la toile de tente sur le parvis du temple luthérien. Il ne s'y attendait pas. À vrai dire, il n'a pas compris tout de suite que c'était Ingrid qui se cachait là-dessous. Il a cru que quelqu'un portait une nappe de la table du festin de mariage.

– Euh, je ne sais qui qui c'est qu'est sous la nappe, mais le repas, ça sera dans la grange des Olofsson, pas dans le temple, ha, ha !

– C'est moi, Ingrid, espèce d'ab… Nils chéri ! a dit ma mère, qui étouffait sous le tissu.

– Ah ! Ho ! Ingrid ! Ta robe, elle est très… très…

– Blanche, a coupé ma mère. Très blanche.

– C'est qu'est-ce que je voulais dire. De quel côté est ta figure ?

– Là !

– Où ?

– Là ! Ici ! De toute façon, j'ai un voile. Une vraie mariée, ça a un voile, non ?

– Euh, oui. Oui. Ça c'est sûr qu'une mariée sans voile, ça serait comme une mortaise sans tenon. Tu ne serais pas un peu nerveuse, Ingrid ? Ta voix est…

– C'est l'émotion ! Je suis très émue !

Ma mère avait une peur terrible. C'est absolument contre nature, pour une sorcière, de folâtrer dans un temple. Autant demander à un diablotin de barboter dans un bénitier, à une vipère de passer des vacances chez une famille de hérissons.

«Reprends-toi, espèce de poule mouillée», s'est dit Ingrid. «Plus tu attendras, plus ce sera dur. Allez, ma fille. C'est juste un mauvais moment à passer.»

Ma mère avait réussi à obtenir une courte cérémonie, expliquant à Nils Swedenborg qu'elle avait tendance à prendre froid dans les temples. Une fois de plus, j'imagine qu'une personne normale eût trouvé l'explication un peu suspecte, cependant mon père avait gobé cela sans sourciller.

Mais Ingrid a su, dès qu'elle a eu franchi le seuil du temple, que ce serait encore plus difficile que prévu.

– Imagine, ma chère Johanna, que tu es toute nue, et qu'une armée de fourmis rouges te grimpe dessus. Imagine qu'on te plonge tout doucement dans de l'eau bouillante, et qu'en même temps on t'arrache les poils du nez, un à un, en tirant lentement. Imagine, ma très chère Johanna, qu'on te coupe la peau un peu partout avec un rasoir, puis qu'on te saupoudre de sel, et qu'on t'arrose de vinaigre. Eh bien, tu n'as qu'une très vague idée de ce que ressent une sorcière obligée de faire un petit tour dans un de ces antres de croyants.

Voilà ce que m'a dit ma mère.

Elle venait d'avancer dans l'allée centrale, entre les travées séculaires de longs bancs de hêtre usés par des milliers et des milliers de fesses dévotes, quand elle a commencé à tousser. L'air affreusement religieux la prenait à la gorge.

– Crââââ ! Rreurrhhh ! Euâcrrr ! Crrr ! Crrr !

L'orgue peinait à couvrir les bruits épouvantables qui provenaient de la tente canadienne. Et quand l'instrument s'est arrêté de jouer, on n'a plus entendu que cela.

– Crrr ! Acreâârr ! Crôôô !

On eût dit qu'un combat de corbeaux se déroulait sous l'étrange robe de mariée. Les villageois se regardaient avec des mines interloquées. Le pasteur se dandinait, tripotant machinalement sa Bible.

– Ingrid ? a risqué mon père d'une voix au ton mal assuré. Ingrid ? Ça va ?

– Crââââ ! Euâââcrââ ! Parfait ! Très très... bien ! Mer... crââââ ! Merveilleux ! C'est... crrr ! Crrr ! La joie ! Je suis si... Crâcrâ ! Si heureuse !

– Elle est d'une sensibiliterie si sensible ! Si délicate ! a murmuré mon père, comme pour prendre à témoin l'assistance éberluée. Puis il a sursauté, quand ma mère s'est mise à tousser avec cette fois la bruyante véhémence d'un éléphant tuberculeux.

– Mes enfants, approchez, a dit le pasteur, qui s'efforçait de cacher son inquiétude. Il est temps de célébrer cette union, précieuse entre toutes.

Ma mère, sous la tente canadienne, avait fourré son mouchoir dans sa bouche. Mais, torturée par les irritations chrétiennes, elle gigotait comme un beau diable.

Tout à fait comme un beau diable.

10

– C'est tout bonnement incroyable, le nombre de médisances qu'on peut colporter sur les sorcières. Un vrai scandale. À les écouter tous, nous aurions tellement de défauts… Alors qu'en fait, c'est surtout une question de coutumes, tu vois, Johanna.

– Comme quand tu as transformé en sapin ce voyageur de commerce qui t'avait juste demandé l'heure…

– Exactement ! C'est une coutume.

– Hum…

– Tu n'as pas vu avec quel œil insolent il me l'avait demandée, son heure. Maintenant, il n'a plus de problème d'horaires, hou, hi, hi. Il n'a qu'à compter ses aiguilles pour passer le temps. Non, des médisances, je te dis, des ragots ! Ah, Johanna, la malveillance fait tant de mal. Les gens sont méchants. On va jusqu'à dire que nous, les sorcières, mangeons les enfants. Non mais, on croit rêver ! Manger des enfants ! En plus, c'est fade. Un goût de poulet sans assaisonnement.

– Comment le sais-tu ?

– Comment est-ce que je sais quoi ?

– N'essaie pas de gagner du temps. Comment peux-tu savoir que les enfants ont un goût de poulet, si tu n'en as jamais mangé ?

– Je l'ai entendu dire. Arrête de me regarder comme ça. Est-ce que je vous ai mordues une seule fois, tes sœurs et toi ? Est-ce que je vous ai ne serait-ce que mordillées ?

– Non, mais nous sommes tes filles.

– D'accord, d'accord. J'ai vaguement entendu parler d'une sorcière du Nord qui aurait grignoté un bout d'enfant, et qui aurait dit qu'il avait un goût de poulet.

– Hum…

– Arrête avec tes « hum », ou je te donne une gifle. Tu veux que je finisse de te raconter le mariage, oui ou non ? Quel cirque, Johanna, quel cirque ! J'ai cru qu'on n'en finirait jamais. Et gnagnagna vous serez fidèle et aimante, et patati vous chérirez votre époux, et patata jusqu'à ce que la mort vous sépare… Pendant tout ça, je trépignais, j'avais tellement mordu le mouchoir que j'en avais fait de la dentelle. Et ton père qui souriait comme un bienheureux, la vache…

– Tu sais que je n'aime pas quand tu parles de papa de cette manière.

– Mais je ne dis pas que c'est une vache. J'ai dit la vache, comme ça ! La vache !

– Mmoui…

– Si je me cogne l'orteil contre un meuble et que je dis « la vache », je n'insulte pas ton père, non ? Tu es pire qu'un chien de garde, toujours prête à le défendre, même quand il n'est pas attaqué. Je dis « la vache » parce que… j'aurais voulu t'y voir, tiens, attaquée par une armée de fourmis invisibles sous cette robe grotesque qui pesait des tonnes. Obligée de subir tout ce prêchi-prêcha en évitant de trop gigoter.

– Et après ?

– Après ? Tu le sais par cœur ! Mais enfin, je t'ai déjà raconté ce mariage dix fois ! Qu'est-ce qui te plaît à ce point dans cette histoire ?

– Je ne sais pas. J'aime bien.

– Fais attention. On commence par de l'attendrissement, et le temps de dire ouf, on finit bonne sœur, à servir la soupe aux nécessiteux, ou dame de charité, à distribuer des vêtements chauds. Les bons sentiments, pour une fille de sorcière, c'est la pente fatale. La voie ouverte au déshonneur. Bon, d'accord ? je finis de raconter. Mais c'est la dernière fois. La dernière.

Ingrid avait tenu jusqu'au bout, mais quel supplice ! Quand il s'est enfin agi d'échanger les serments, elle a réussi à bredouiller :

– Eurrhh, crrr… Ouicrr !

– Pardon, ma fille ? a demandé le pasteur.

– Crrr… Oui !

Bien entendu que mon père aussi a dit oui. Et à l'instant où le pasteur a prononcé la phrase fatidique : « Nils, Ingrid, je vous déclare unis par les liens du mariage ! » ma mère a pris le parti de s'enfuir du temple en courant, crachant, toussant, éructant comme une armée entière d'évadés de l'hospice.

Elle soulevait les bords de sa lourde robe pour ne pas s'y empêtrer, et fonçait, tête en avant, avec l'élastique mais désordonnée foulée du renne venant par miracle d'échapper à un ours. Il eût au moins fallu un mur, pour l'arrêter. Les villageois assis le plus près de l'allée centrale l'ont entendue qui sifflait, « pfuuiiii ! », passant à côté d'eux à toute vitesse. C'était bien la première fois, à Skelleftestad, qu'on voyait une mariée faire une sortie pareille.

Ingrid ne s'est pas arrêtée sur le parvis. Elle a couru comme une dératée à travers les ruelles du village, dérapant, se cassant plusieurs fois la figure.

– Hi ! Hou ! Ha ! marmottait-elle fiévreusement.

Elle s'est cognée contre un vieil homme, Ingvar, qui était connu dans tout Skelleftestad pour son mauvais caractère. C'était un des seuls villageois à ne pas s'être rendu au temple pour la cérémonie. Ingrid et lui se sont retrouvés par terre. Le vieux s'est indigné.

– Ah, bien ! Ça valait la peine d'éviter ce mariage idiot ! Voilà que la mariée, cette patate, vient à moi pour me piétiner !

Ma mère n'a jamais été d'un naturel patient, mais je crois pouvoir affirmer que, de surcroît, Ingvar n'avait pas choisi le bon jour pour se montrer désagréable. S'appuyant au pavé d'une main pour se relever, de l'autre, ma mère lui a jeté un sort.

Le vieil Ingvar a eu de la chance, parce que ce sort-là était assez virulent ; du type mortel. Mais ma mère a glissé sur la pierre grasse de boue, et les doigts de son autre main, dirigés vers le vieux bougon, ont dévié en direction du sol.

Aujourd'hui encore, il pousse à cet endroit une fleur noire, que personne n'arrive à arracher. Une fleur aux larges pétales, exhalant une odeur qui ne ressemble à aucune autre ; cette odeur met mal à l'aise, on ne sait pas pourquoi. Les villageois ont jeté dessus de l'eau bouillante, ont versé sur l'apparition tous les défoliants, et mille sortes d'herbicides. Rien n'y fait. La fleur noire est là pour longtemps, et le vieil Ingvar, qui est mort tranquille dans son lit presque dix années plus tard, n'a jamais su ce qui avait failli lui arriver.

Ingrid, courant à nouveau, s'est enfoncée dans la forêt, a fait passer par-dessus sa tête la robe-tente, puis s'est jetée dans la neige, une couche de poudreuse annonçant l'hiver et qui était fort heureusement tombée la nuit précédente. Le corps chauffé à blanc de ma mère la sorcière a fait « psshhhh ! » dans le grand silence des bois. De la vapeur s'est élevée entre les troncs, montant jusqu'aux frondaisons dégarnies, où un écureuil qui prenait ses quartiers d'hiver l'a reniflée avec un intérêt mêlé de crainte.

11

Au banquet de mariage, on a servi dès l'apéritif l'aquavit du père Thorbjörn. Normalement, on commence le repas avec du vin, et c'est ensuite, en digestif, qu'on attaque les alcools forts. Mais il faut croire que les convives avaient besoin de se remettre de l'étrange cérémonie et de sa fin sur les chapeaux de roues. L'aquavit du père Thorbjörn était un tord-boyaux fameux, qu'on n'eût pu utiliser pour décaper la peinture des volets : il se fût attaqué au bois. De ces alcools qui font faire la grimace aux plus vaillants, et qui, bus à jeun, donnent l'impression d'avoir ingéré une cuiller de lave.

Ingrid la sorcière avait certes besoin d'un remontant ; elle ne s'est rendu compte de la force du breuvage qu'après en avoir descendu un grand verre cul sec. Dès lors, le mal était fait. Car il en allait de la potion du père Thorbjörn comme de certaines des boissons les plus traîtres : seul le premier pas comptait. Quand on y avait goûté, on en redemandait.

– Du cumin, de l'anis, un peu d'eau-de-vie, ça ne ferait pas de mal à une moche, je veux dire, une mouche ! braillait déjà le père Thorbjörn, tandis qu'Ingrid commençait à voir double. Mon père n'avait bu, lui, qu'un dé à coudre. Il ne ressentait jamais le besoin de se saouler, car selon ses dires il n'avait rien de funeste à oublier, et le secours de l'alcool lui était inutile pour s'amuser, puisqu'il était gai par essence.

Pour une sorcière, en revanche, qui a l'âme si noire qu'elle ferait passer de l'encre de Chine pour une aquarelle, c'est autre chose. Jamais elle ne manquera l'occasion de se vautrer dans l'intempérance la plus éhontée.

Oui, voilà encore un moyen de repérer les sorcières : aux repas, ce sont celles qui boivent comme des trous, en vociférant. Méfiez-vous, cependant. Si une de vos tantes, cousines ou collègues de travail a toujours un verre à la main, ne recommandez pas immédiatement le bûcher. Les sorcières aiment boire, mais elles ne sont pas les seules.

Ingrid était donc portée sur la bouteille, surtout quand elle était nerveuse. Et cette cérémonie de mariage si cataclysmique lui avait donné une bonne raison pour boire. De double, sa vision est devenue triple, tandis qu'elle commençait à vociférer :

– Gna rien de blus vort ? Humm ? Vrrraiment rien ? Z'est du petit-lait, vodre aquavit !

Nils était content, puisque sa femme était heureuse ; elle affichait en effet un large sourire, et ses yeux jaunes brillaient plus que jamais.

– Rrrien de blus vort ? Non ? Bande de mauviettes ! Regardez-moi zette droupe de bras gassés !

Le père Thorbjörn a baissé la tête, la honte aux joues. Il avait une réputation d'empoisonneur à défendre.

– J'ai essayé ! J'ai essayé de le faire plus fort ! Mais ça rongeait les notteaux, les tonneaux !

Puis il s'est mis à pleurer.

– J'ai essayé ! Je le jure ! Mais ça fendait le verre des bouteilles !

Ma mère a fait un grand geste circulaire avec son verre, arrosant au passage une demi-douzaine de convives.

– Gnest-ce que c'est que ze village où on vabrique de l'alcool pour betite filles ? Gnest-ce que c'est, ze village où on ze gogne gontre tout le monde ? Pour rengontrer mon mari, il a fallu que paf! je me gogne dedans. Dout à l'heure, paf! zette vieille bourrique d'Ingvar! Dout le monde se cogne dans dout le monde, alors? Mais che m'en vais remettre de l'ordre dans dout za, moi! Za va pas draîner!

Histoire de respirer, elle avait ouvert un trou au sommet de sa robe, et il semblait désormais que sa tête se trouvait au-dessus d'un chapiteau.

– Bour commencer, hob! En l'air mes gaillards!

Jetant alentour un sort approximatif, d'un autre mouvement de bras un peu trop énergique – un vrai geste d'ivrogne, pour tout dire –, elle est tombée de sa chaise.

C'était un sort d'envol; ceux qui en sont victimes décollent du sol. On dit que les premiers instants en sont merveilleux, mais cela ne dure pas. En effet, on ne cesse de s'élever, et si on n'a pas la présence d'esprit de s'accrocher à quelque chose de solide et de bien ancré au plancher des vaches, on prend de la hauteur, dépassant les maisons, la cime des plus grands arbres, atteignant l'altitude des oies migratrices, celle des sommets aux neiges éternelles. Puis on se perd dans l'espace. L'exemple même du sort qui commence bien, mais finit relativement mal.

Les invités de la noce – le marié également, d'ailleurs – ont commencé à s'élever de leurs sièges, mais le sort s'est aussitôt rompu quand Ingrid a basculé en arrière, dans un affreux concert d'imprécations. À peine les gens avaient-ils senti comme une petite secousse étrange. C'était, à dire vrai, un peu curieux, mais personne n'a songé qu'Ingrid en était responsable. Tout le monde avait déjà avalé un peu de l'aquavit du père Thorbjörn.

12

On n'avait pas goûté à l'älg stek, même pas encore au gravlac, que ma mère s'était endormie sur le plancher, enroulée dans sa robe de mariée comme dans des draps de lin empesés. Au cœur de son sommeil, elle avait un air de si pure innocence que tous les villageois, même les femmes, l'ont trouvée délicieuse, et c'était bien la première fois.

Il est vrai qu'à ma mère, dans les bras de Morphée, on attribuerait les plus grandes vertus. Elle est si calme alors, si détendue.

Il faudrait qu'elle dorme tout le temps.

Ce mariage, décidément, se devait d'être différent de tous les autres. Mon père a emmené dans ses bras son épouse endormie, tandis que les villageois continuaient seuls à festoyer. Il a traversé Skelleftestad pour arriver à sa petite maison, et il en a franchi le seuil en murmurant à Ingrid les mots tendres qu'on réserve à de grandes amours. Il a posé sa femme sur le lit, s'est assis dans le vieux fauteuil à bascule qu'il avait tiré près du sommier, et il a regardé dormir celle qui n'était plus désormais sa promise, mais sa moitié.

– Elle était trop parfaite, comme qui dirait parfaitement parfaite, me dit mon père quand il me parle de ce moment.

Je hoche la tête, parce que je sais très bien ce qu'il a ressenti. Moi-même, j'éprouvais cela devant ma mère endormie, quand j'étais une toute petite fille, avant que j'en vienne à comprendre ce que mon père n'a jamais compris. Sous des eaux à la surface paisible se cachent parfois des courants glacés et meurtriers.

– Si trop parfaitement parfaite que ça faisait pas vrai, comme si ce n'était pas, euh, euh, une vraie personne.

– Oui, papa.

– J'ai de la chance. Une chance que je peux pas croire. Depuis le jour où c'est que j'ai rencontré ta mère. Avant, je ne savais pas que j'étais seul. Maintenant, je ne sais pas, euh, si, je sais, euh...

– Tu sais que tu étais seul, mais qu'avant de la rencontrer tu ne le savais pas.

– Exactement ! Johanna, ma fille, quand tu parles, je comprends toujours. Non, je me vante. Presque toujours. Parce que… il y a des fois ou tu es… où c'est quand même un peu compliqué.

– Là, tout est simple. Tu étais seul, et maintenant, tu as Agnes, Greta et moi. Et maman. Quand elle est là.

– Je vous ai ! Je ne serai plus seul.

– Jamais, papa.

La nuit tombant sur son jour de mariage, ma mère s'est réveillée avec une épouvantable gueule de bois, celle qu'on appelle à Skelleftestad, avec un respect mêlé de crainte, « la gueule de bois du père Thorbjörn ». Une abomination justement redoutée à travers la région.

Ingrid s'est redressée d'un coup sur le lit de son nouveau mari, et a hurlé :

– Des feuilles de saule ! Aaarrhhhh ! Il me faut des feuilles de saule !

Une décoction de feuilles de saule, c'est encore ce qu'il y a de mieux contre le mal de tête. Mais quand il est question de la gueule de bois du père Thorbjörn, il faudrait, comme une girafe, aller directement mâcher toutes les feuilles sur l'arbre.

– Je sors t'en chercher, ma chérie, a dit mon père, enfilant sa veste, empressé et maladroit.

– Râââârrhhh ! a répondu ma mère, se tenant le crâne comme pour en retenir le contenu risquant de s'échapper par les oreilles.

– Tu crois que je peux te laisser un quart d'heure ? Il va falloir que je vais réveiller l'apothicaire...

– Aââââarrrhhhh !

Drôle de dialogue, pour de jeunes mariés.

Quand il est revenu, mon père a constaté que le feu avait forci dans le poêle, comme si on y avait ajouté force charbon, et c'était étonnant, car, il eût pu le jurer, Ingrid n'avait pas quitté le lit.

Ma mère a bu cette nuit-là quatre litres de décoction de feuilles de saule ; elle se promettait de faire subir au père Thorbjörn des supplices exotiques, grinçait des dents, produisant le bruit d'une vieille serrure de coffre marin. Mon père s'affairait autour d'elle, tout étourdi de se découvrir marié.

13

Ingrid la sorcière avait fait un bon calcul en épousant Nils Swedenborg. N'importe qui, l'ayant à demeure dans son foyer, l'eût démasquée en quelques jours. Elle ne pouvait, authentique sorcière qu'elle était, refréner son viscéral besoin de magie et de tours.

Mon père descendait à la cave pour y chercher une conserve ; quand il remontait, l'ensemble des meubles de la cuisine avaient changé de place.

– Mais comment, que, qui, qui, quoi ? bredouillait-il.

– Je trouve que c'est plus pratique comme ça, disait Ingrid. N'est-ce pas, mon Nils à moi ?

– Bien sûr, oui ma chérie, c'est très… pratique, mais comment que t'as bougé l'armoire ? Quand elle était vide, on a dû se mettre à trois hommes pour la porter dans la cuisine, et maintenant en plus elle est remplie de machins très lourds…

– Hou, hi, hi ! Ta petite femme est forte quand elle veut !

– Ben… oui, là !

Une autre fois, Ingrid changeait la couleur des murs intérieurs, tandis que mon père traçait des plans de charpente dans son atelier, qui jouxte la maison.

– Mais… je suis sorti une heure, et tu as repeindu toutes les pièces ?

– Est-ce que tu n'as pas une vaillante épouse ?

– En plus, c'est déjà sec ! C'est comme magique !

– N'est-ce pas ? Nils chéri, n'en parle pas aux autres, dans le village. Je ne voudrais pas provoquer de jalousie, tu comprends ?

– Euh… non.

– La jalousie ! Tu sais, quand tu es furieux parce que les autres ont quelque chose que tu n'as pas !

– Hmmm… quand les gens ont quelque chose de bien, je ne suis pas furieux ! Je suis content pour eux. Si je l'aurais eu j'aurais été content aussi, mais si c'est eux, tant mieux, c'est toujours…

Ingrid pianotait sur le guéridon de l'entrée.

– Oui-oui-oui. Je comprends. C'est incurable.

– Incuquoi ?

– Rien. Tu as raison, mon chou. Mon mari a toujours raison. Mais pour la peinture, n'en parle pas, c'est tout. C'est ta ta petite femme qui te le demande.

– Mes ordres sont tes désirs, Ingrid. Non! Mes désirs sont tes ordres, euh, non…

– J'ai compris. Va vite finir tes plans, mon grand maître charpentier.

– Uh, uh, t'es qu'une flatteuse…

Un soir, Ingrid a décidé de lancer un sort un peu plus puissant que ceux qu'elle avait utilisés depuis qu'elle était arrivée à Skelleftestad. Cela faisait un certain temps qu'elle n'avait pas assisté à un sabbat, où d'ordinaire elle se livrait, avec ses comparses, à des concours de magie noire. Un talent peut venir à s'émousser, s'il ne rencontre pas de compétition, et ce n'était pas en changeant la couleur des murs ou en faisant pousser des fleurs – même maléfiques – sur le pavé que ma mère, sorcière réputée dans son milieu, allait entretenir ses capacités. Elle avait un rang à tenir, il n'était pas question de déchoir.

Elle a attendu que mon père fût parti pour un chantier de relais de poste sur la route de Vilhelmina, puis, s'allongeant sur le plancher à côté d'un des chats qu'elle laissait entrer dans la maison selon son bon vouloir pour converser lorsqu'elle s'ennuyait, elle a réfléchi.

« Voyons voir. Il me faut de l'original, mais de bon goût. Du somptueux, mais pas m'as-tu-vu. Évitons les classiques rebattus, crapauds, meubles volants et autres niaiseries. Et si je… Non. Déjà vu. Ah oui, tiens, Fredrika avait fait pousser une barbe à toutes les femmes de sa petite ville. Une barbe impossible à raser. Drôle. Mais un peu vulgaire. Et puis trop facile. Allez, Ingrid, allez ! Sers-toi de ta tête ! Je pourrais… joindre l'utile à l'agréable, faire disparaître cette saleté de temple et le remplacer par… un kiosque à musique ? Non. Nils serait capable d'en tomber malade, et j'ai encore besoin de lui. Je ne l'ai quand même pas épousé pour le seul plaisir de la discussion. Alors… Quoi d'autre ? Ça y est ! J'ai l'idée ! »

Chaque habitant de Skelleftestad se rappelle cette nuit d'hiver, datant de plus de quinze ans. Vers minuit, un tourbillon bleuté s'est formé dans le ciel éclairé par une large lune ; ce tourbillon n'a été aperçu que par l'aubergiste, celui-là même qui avait hébergé ma mère et avait eu des idées (hé, hé…) quant à ce qu'il attendait d'elle.

Les autres villageois étaient calfeutrés chez eux, presque tous endormis, car le grand froid était tombé sur Skelleftestad, et ces nuits-là on se cache vite sous la couette. Mais l'aubergiste devait être tenu éveillé par ses éternels et savants calculs financiers – en plus d'être grivois, il souffrait d'une grande cupidité –, aussi a-t-il distingué, depuis la fenêtre du bureau où il se trouvait assis, le curieux phénomène. Une espèce de cyclone d'un bleu cobalt du plus bel effet, assez inquiétant cependant, car on n'avait jamais vu cela dans le pays, et le ciel, par ailleurs, n'était encombré d'aucun nuage. Il faisait trop froid pour la neige.

Eh bien non ; il ne faisait pas trop froid.

Quand les premiers flocons se sont engouffrés par les cheminées, ils ont pris tout le monde par surprise, d'autant qu'il n'était pas question de quelques petits cristaux de neige mutine, mais d'une véritable avalanche. Comme projetées par le tourbillon cobalt, des tonnes de neige se sont abattues sur les maisons du village. Un observateur attentif se fût sans doute rendu compte que le phénomène n'atteignait pas la demeure des Swedenborg, mais il n'y a eu, cette nuit-là, aucun observateur attentif. Juste une population affolée, tentant sans y parvenir d'obstruer le conduit de leur cheminée où le feu s'était éteint, mais d'où arrivaient des montagnes de poudre blanche déferlant, encore, encore, encore. On a vu des gens en chemise de nuit, pelle à la main, s'efforcer de vider leur demeure qui se remplissait peu à peu, jusqu'aux plafonds. Des petits enfants qui dansaient de joie surprise et recevaient des gifles de leurs mères exaspérées.

D'autres petits enfants, tremblants de peur, qui pleuraient et se retrouvaient claqués par leurs pères horripilés.

Cette nuit a aussi été celle des gifles et des criailleries.

– Et si je faisais geler toute cette neige dans les maisons ? s'est demandé à voix haute ma mère, qui, buvant une tasse de camomille bien chaude, assistait à la scène depuis la fenêtre de sa chambre.

– Alors, ils vont tous mourir, a dit le chat.

– Tu as raison, monsieur griffes. Ils mourraient. Je ne peux pas dire que j'en verserais des larmes de sang, mais Nils ne sera plus bon à rien s'il rentre dans un village-cimetière. Allez, c'est entendu. Laissons-les pelleter cette neige fraîche. Ça va les réchauffer.

14

Pour réaliser ses desseins, Ingrid avait besoin d'isolement. Le plus frustrant pour elle était qu'en un instant elle eût pu faire apparaître une maison dans les bois, loin de Skelleftestad. C'était un tour quelque peu délicat, de la magie lourde en jargon professionnel, mais elle avait ces capacités-là. Ce n'est pas parce qu'elle est ma mère – il n'y a là, pour tout dire, aucune raison de se vanter –, je suis objective : Ingrid est une sorcière de première classe. Et comme chacun sait, les pouvoirs d'une sorcière augmentent avec le temps. Ces dames, comme le rhum, se bonifient avec l'âge.

Je n'ose imaginer ses capacités lorsqu'elle aura cinq ou six cents ans.

Il lui fallait cet isolement, car elle attendait un heureux événement. Très heureux, oserais-je affirmer : Moi.

Ma mère était enceinte. Quand elle s'en était rendu compte, elle s'était frotté les mains en marmonnant « hou, hi, hi ! » puis elle avait arrêté de se frotter les mains, parce qu'elle déteste les stéréotypes.

Enfin ! Enfin elle arrivait à son but ! Enfin ! Après avoir supporté ces villageois répugnants, ce mari ahuri ! Enfin !

Elle avait recommencé à se frotter les mains. Elle ne pouvait pas s'en empêcher. Après tout, Ingrid était une sorcière.

Évidemment, une maison à l'écart du village eût été idéale. Mais jamais Nils n'aurait le temps d'en construire une nouvelle avant la naissance, et s'il prenait la fantaisie à la sorcière d'en faire apparaître une toute neuve, on jaserait. Le monde est plein de médisants.

Il était donc dit qu'Ingrid resterait dans la petite maison du charpentier.

Le ventre de ma mère était devenu énorme.

D'aucuns trouveront singulier que la sorcière, mariée à l'automne, fût sur le point d'accoucher en hiver. J'imagine qu'il est temps de révéler une autre particularité chez les sorcières : la gestation de trois mois.

C'est assez contrariant d'entendre ou de lire des tas de fadaises sur les sorcières ; il y aurait par exemple, selon certains, des écoles de sorciers. C'est du plus haut comique. J'en pouffe ; imaginer ma mère assise sur un banc en train d'apprendre des formules magiques relève du loufoque. Elle qui s'impatiente et tape du pied quand il faut attendre deux minutes pour être servi chez l'épicier ! Ingrid eût vite fait de transformer son professeur en limace. Et puis, surtout, à quoi bon une école ? Les sorcières n'apprennent pas ; les pouvoirs dont elles disposent sont innés. On pourrait à la rigueur affirmer que ces dons peuvent être aiguisés, mais c'est grâce à la pratique.

On prétend également que les sorcières auraient le nez crochu et concocteraient des potions dans d'énormes chaudrons.

Grotesque. Ma mère a le nez droit comme un I, et elle utilise de bonnes vieilles casseroles pour faire la cuisine, y compris sa cuisine, qu'on pourrait qualifier de… spéciale. Une sauteuse ou une cocotte, à la rigueur, si c'est une préparation volumineuse. Exceptionnellement, un alambic et une cornue.

Ah, aussi : les sorcières chevauchent des balais en ricanant. Bon ; ma mère ricane de temps en temps, il serait malhonnête de le nier. Mais je ne l'ai jamais vue sur un balai. Elle vole très bien sans cet outil ménager.

Oui, oui, que d'âneries ! Un Himalaya de fadaises. En revanche, des tas de choses bien réelles quant aux pratiques et coutumes sont totalement ignorées. Comme le fait que les sorcières gardent leur bébé dans leur ventre trois mois tout ronds, et pas neuf comme les humaines.

Qu'on ne me demande pas pourquoi.

– J'ai pas tout bien comprendu.

– Compris. Compris. On dit « compris », compris ?

– Euaah ?

La syntaxe, le vocabulaire et la conjugaison de son mari commençaient à fatiguer Ingrid.

– Non, rien, a-t-elle murmuré, en passant une main moite sur sa figure. Rien. Ce que j'essaie de te dire, Nils, c'est que tu vas être papa.

– J'y connais rien, surtout tu ne te fâches pas, hein, mon Ingrid chérie, mais c'est que ça fait, euh, cinq mois que nous sommes été mariés ?

– Trois.

– Un, deux, trois, quatre... Novembre, septembre, octobre...

– Trois ! J'ai dit trois ! Ça fait trois mois ! Trois !

Mon père a fait un bond en arrière. Son Ingrid chérie avait vraiment du tempérament.

– Trois, a-t-il répété, prudemment.

– C'est ça, trois, a continué ma mère, la voix un peu enrouée par ses hurlements. Mais il se trouve que, dans notre famille, ce n'est pas tout à fait comme dans les autres familles…

– Vous êtes plus souples !

– Ouiii… plus souples. Mais aussi…

– Plus forts !

– La ferme ! La feeeerme ! Tais-toi ou je te tue !

– Eh ben dis donc, Ingrid, quand tu plaisantes, on dirait que ça fait vrai !

– Dans notre famille, a poursuivi ma mère en collant ses mains au fond de ses poches pour n'être pas tentée de jeter un sort malencontreux sous le coup de l'énervement, on n'est enceinte que trois mois. Notre gestation familiale est de trois mois. On accouche en trois mois. Il faut trois mois entre la conception et la naissance. Entre la petite graine et le bébé, il y a trois mois. Dans notre famille.

– Aaah, oui ! Trois mois !

15

En fait, le charpentier n'était pas certain d'avoir saisi ce que venait de lui expliquer sa femme, mais une sorte d'instinct de survie lui dictait que ce n'était pas le parfait moment pour le lui dire.

– Et, mon Nils chéri, c'est très important, tu ne dois absolument jamais en parler au village.

– Comme la peinture ?

– Bon sang ! Quoi encore ? Quelle peinture ?

– Il faut que je vais rien dire, comme la fois de la peinture en une heure ?

– Ah ! Oui. Oui ! C'est l'idée ! Comme la peinture ! Voilà ! Personne ne doit savoir ! Sauf que c'est encore plus important que la peinture. Pas un mot ! Ce que nous allons faire, c'est raconter que je suis malade, hein ? Je suis malade, donc je ne peux pas sortir de la maison…

– Mais faut que je vais chercher le docteur !

– Mmgnnils, je ne suis pas vraiment malade. C'est pour être tranquille, tu vois ?

– C'est un mensonge ? C'est mal de mentir.

La grande horloge du salon est tombée dans le dos de mon père, passant à quelques centimètres de lui pour se fracasser au sol dans un bruit de verre brisé, de crissements de mécanismes tordus. Nils en a été très surpris, il l'avait fixée au mur si solidement.

J'approchais. J'allais venir au monde. Ma mère avait des envies inhabituelles mais, chez une sorcière, cela se manifeste autrement que par le soudain désir de manger des fraises.

Ingrid éprouvait un besoin inédit ; celui d'accomplir des choses qui ne fussent pas forcément désagréables pour les autres. Ainsi un soir, à travers les carreaux en verre soufflé de la fenêtre de sa chambre, regardait-elle au loin le cheval des Lundkvist, tapant faiblement du pied devant l'écurie, tournant le dos au vent dans sa robe gris moucheté, tremblant, la queue rabattue entre ses jambes. On l'avait sorti un temps pour le désankyloser, lui qui désormais ne bougeait presque plus de sa stalle. Mais il n'avait pas la force de trotter et restait là, immobile, offert au froid. C'était un très vieux hongre à moitié aveugle, qui vivait, chacun le savait, son dernier hiver. Ingrid la sorcière a tendu la main vers le vieux cheval, qui s'appelait Wise, et lui a ôté ses années. Il est redevenu poulain. Le cœur de ma mère s'en est trouvé léger, alors, dans l'enthousiasme, elle a multiplié les Wise, et bientôt cinquante poulains gris moucheté, identiques, se sont rapprochés les uns des autres, pour former un bloc de chaleur compacte, vibrant d'une nerveuse jeunesse, luttant contre les vents hivernaux.

Longtemps, les Lundkvist se sont demandé comment le vieux cheval avait trouvé l'énergie de s'en aller, et surtout, par quel miracle ces poulains fougueux s'étaient retrouvés chez eux.

Une autre nuit – les activités des sorcières sont essentiellement nocturnes –, Ingrid a transformé en or toutes les clés de toutes les serrures de Skelleftestad. Comme les villageois étaient cupides et méfiants, personne n'a parlé à personne de sa bonne fortune, chacun croyant être le seul à bénéficier de ce sortilège ; ainsi, pour un temps, les clés du village ont-elles disparu, avant d'être remplacées par des copies de fer forgé.

Aujourd'hui encore, beaucoup de villageois gardent jalousement, en quelque cachette, une ou plusieurs clés d'un or dont la brillance jamais ne s'altère. C'est l'éclat de la joie d'Ingrid, qui s'apprêtait à être ma mère.

Nils a profité des bontés incongrues de sa femme. Le petit doigt de sa main gauche, tordu depuis qu'une poutre lui était tombée dessus lorsqu'il était apprenti, s'est redressé, l'os se soudant en droite ligne. Mon père a confié à Ingrid qu'il pensait s'être guéri tout seul, car, lui a-t-il expliqué, il tirait chaque soir sur ce doigt pour « le réparer ».

Ma mère – c'est dire si elle était affectée par sa grossesse – l'a trouvé charmant, dans ses croyances enfantines.

– Je voudrais que tu ailles à Vindeln, pour m'acheter, hou, hi, hi ! du... du chocolat !

– À Vindeln ? Si trop loin ? Il y en a presque pour quatre jours, ou cinq, aller et retour ! Ingrid chérie, on a du très bon chocolat à Skelleftestad !

– Tu parles ! Il est immangeable, le chocolat de ce village ! Il est... amer ! Très amer !

– Ah ? Tu crois ? Moi, je le trouve...

– Je veux du chocolat de Vindeln !

– En plus, j'ai un chantier qui commence demain pour l'hôtel de ville. Si je serai pas là, ça...

– Nils ?

– Hmm ?

– Je – veux – du – chocolat – de – Vindeln !

16

On aura compris que ma mère, Ingrid la sorcière, avait cherché, par ce fin subterfuge, à éloigner Nils de la maison. Il ne pouvait, et ne devait, en aucun cas assister à l'accouchement. À la ponte, pour être précis.

Oui ; la ponte.

Si les sorcières n'ont pas toutes le nez crochu et ne chevauchent pas forcément des balais, il est encore une particularité qu'elles partagent, sans exception : pour avoir un enfant, il faut d'abord qu'elles pondent un œuf. Elle sont ovipares, comme diraient les savants, qui sont pourtant bien ignorants en matière de sorcières.

Une fois que l'œuf est sorti, il reste deux jours en l'état. Puis il éclôt, et le bébé s'extrait de la coquille, comme un poussin.

La couleur de cet œuf peut varier, selon l'alimentation de la sorcière et son hygiène de vie. Une sorcière cocaïnomane, qui fume comme un pompier et ne mange pas au moins cinq fruits et légumes par jour, risque de pondre du multicolore, voire un œuf en forme de cacahuète. Une fois, m'a dit ma mère, une sorcière au mode de vie particulièrement dissolu avait accouché d'un œuf-sablier.

La plupart du temps, si tout s'est bien passé et que la future maman n'a pas fait de folies, l'œuf est vert ; il a la taille d'une pastèque, l'aspect du jade en même temps que sa couleur. Il est si solide que, même avec une masse de forgeron, on ne réussira pas à le briser. Seul l'enfant qui se trouve à l'intérieur peut venir à bout de sa résistance, poussant et grattant afin de se présenter au soleil.

Ingrid a pondu mon œuf le lendemain du départ de Nils. Elle avait tout juste eu le temps de préparer la chambre pour le magnifique moment, autrement dit d'occulter soigneusement les fenêtres – volets clos et lourds rideaux de toile opaque –, de fermer toutes les issues de la maison, de bourrer le conduit de la cheminée avec un gros édredon. Elle avait même vérifié, se promenant à quatre pattes dans les coins et les recoins, qu'aucun interstice entre les lattes des planchers ne pouvait trahir ce qui allait advenir.

D'ordinaire, les sorcières évitent de pondre près des humains ; si elles sont surprises, la situation devient en général assez délicate pour ces dames. Elles ont le plus souvent un antre, une cabane, une caverne, une cahute, une masure (un manoir, parfois un château, pour les plus snobs), quelque repaire enfin, où elles sont tranquilles. Cependant, Ingrid ayant par le passé connu plus de vétusté que de luxe, elle avait pris, chez son mari, goût à un certain confort, et il lui avait paru plus simple d'éloigner mon père plutôt que de s'esquiver elle-même.

Bien sûr, elle eût pu sans difficulté, comme je l'ai dit, se bâtir un palais grâce à sa puissante magie, mais auparavant le confort lui était indifférent, et maintenant qu'elle avait besoin de se sentir à l'aise, cette maison de Skelleftestad lui convenait. C'est ainsi du moins qu'elle me présente les choses, sous leur aspect purement pratique. Je sais bien, moi, que la chaleur instillée par l'inaltérable bonté de Nils le charpentier, son mari, chaleur qui n'avait rien de mesurable physiquement, mais qui flottait dans cette demeure comme une odeur, a guidé son choix.

Ingrid est une sorcière. Il ne faut pas lui demander de réciter des poèmes en s'accompagnant à la harpe, de s'épancher et de verser dans le doux lyrisme, mais c'est, j'en mettrais au feu mes deux mains, l'amour de mon père le charpentier qui l'a décidée à me mettre au monde au cœur de ce village pourtant rempli d'humains.

Il ne fallait à aucun prix que les villageois pussent se douter de quelque chose. Mais un accouchement de sorcière n'est pas l'événement le plus discret qui soit. La future mère pousse des cris horribles – horribles à la mesure des sorcières, c'est-à-dire objectivement épouvantables –, il peut lui arriver de laisser échapper des bruits d'animaux (meuglements, coassements, glapissements et autres caquètements), et de la fumée soufrée, d'un jaune vif, lui sort par les narines, les oreilles, ainsi que par la bouche.

Comme de bien entendu – les fâcheux ont une sorte de sixième sens qui leur permet de rendre visite au moment exact où ils seront le plus gênants –, Ulla la mercière est venue frapper à la porte de la maison des Swedenborg alors que l'accouchement était avancé, l'œuf vert presque pondu. Ma mère avait déniché une des chutes de bois de mon père, un solide morceau de chêne, pour mordre dedans afin de ne pas alerter les habitants de Skelleftestad avec des cris surprenants ; elle l'avait si bien entamé que ses dents y étaient enfoncées jusqu'aux gencives. Et voilà qu'Ulla insistait.

– Ingrid ? Ma chère Ingrid ? Notre Nils nous a dit que vous étiez malade, je me demandais si je pouvais vous être utile… Est-ce que je peux vous aider ? Ingrid ? Ingrid, vous êtes là ? Puis-je vous venir en aide ?

« En mourant de la peste, en crevant de la variole, en tombant d'une falaise ! Voilà comment tu peux me rendre service, espèce de punaise ! » pensait ma mère.

Elle était d'autant plus furieuse qu'une sorcière parturiente ne peut jeter le moindre sort : toute son énergie est absorbée par l'accouchement. Il y a là quelque logique. On doit perdre beaucoup de ses moyens quand on est en train de mettre au monde un œuf de la taille d'une pastèque.

– Tu veux savoir ? Tu veux te faire une idée ? Une poule géante, m'a dit ma mère, une fois que j'abordais le sujet. Voilà comment on se sent, Johanna. Comme une poule géante qui aurait très mal aux fesses.

– Ingrid ? Très chère Ingrid ? continuait Ulla.

Le morceau de bois s'est brisé dans la bouche de ma mère.

– Il n'y a personne ! a crié Ingrid la sorcière, après avoir crachoté les débris de chêne. Sa voix était si extraordinairement forte qu'elle a vibré dans la maison, comme le tonnerre d'un orage violent.

Un long silence s'est installé. Interdite, Ulla a encore gratté à la porte, comme par réflexe, puis elle est partie.

Ma mère a cassé le pied de la table de chevet, l'a coincé entre ses lèvres, et a recommencé à pousser pour faire sortir de son corps l'œuf de jade qui me contenait.

17

J'ai pointé hors de ma coquille une journée seulement après que l'œuf avait été pondu. On peut dire que, selon les critères des sorcières, je suis une prématurée. Mais, à la grande joie d'Ingrid, j'avais l'air vigoureux. Pour des raisons qui ne sont pas exactement les mêmes que celles des mamans humaines, elle tenait à la santé de sa progéniture. Elle s'est empressée de me faire au ventre une petite coupure circulaire, qui, une fois cicatrisée, imiterait un nombril ; nés dans un œuf, les enfants de sorcières n'ont pas de cordon ombilical. Cette absence de nombril étant assez remarquable, elle a provoqué, par le passé, quelques funestes comportements pyromanes de la part des humains, qui détestent ce qui ne leur ressemble pas. Ainsi, les sorcières ont trouvé tout naturel de fabriquer à leurs nouveau-nés de faux nombrils, les mettant à l'abri des tracas.

– J’ai le chocolat ! a clamé Nils, ouvrant la porte en fanfare, les bras chargés d’un énorme sac.

Ce n’est pas ma mère qui lui a immédiatement répondu, mais moi, poussant un de ces atroces braillements qui me vaudraient d’être vouée aux gémonies, des mois durant et tout spécialement la nuit, par l’ensemble des voisins des Swedenborg.

– In… grid ? a demandé mon père. C’est toi ?

– C’est nous, plutôt, a dit ma mère, allant vers Nils pour l’aider à se débarrasser de son lourd manteau.

– Nous ? Qu’est-ce qu’il y a quoi ?

– Devine…

– Euh, ben euh, ben…

– Tu es p… Tu es p ?…

– Petit ?

– Tu es p ?…

– Pauvre ?

– P ?…

– Poussiéreux ?

– Papa ! Tu es papa, Nils !

Mon père, d’émotion, est tombé raide évanoui.

Pour bien grandir, dit-on, un enfant doit être nourri comme il faut et entouré d’affection. On affirmera sans crainte que mes parents se sont partagé les tâches. Ma mère m'a donné le sein, et mon père m'a prodigué sa tendresse. Ingrid n'était pas encline aux câlins. Puisque j'étais le plus souvent d'humeur bruyante et qu'elle aimait dormir la nuit, elle m'a parfois tapé dans le dos un peu plus brutalement qu'il n'était nécessaire, pour me faire faire mon rot.

C'est une chose que je pourrais ne pas savoir, mais ma mère elle-même me l'a affirmé, plus tard:

– Les bébés, ce n'est déjà pas une vive passion, chez moi. Mais les morveux braillards… Je t'aurais bien enterrée sous les rosiers pour faire de l'engrais.

– Incroyable! Tu me racontes ça comme ça. La parfaite mère indigne, et sans remords, en plus!

– Tu es là, non?

– Quelque chose me chuchote que ce n'est pas entièrement grâce à toi.

– Regardez l'ingratitude filiale! Dire que je t'ai portée neuf mois dans mon ventre…

– Trois.

– Oui, bon, trois. On ne va pas chipoter. Je t'ai portée, pondue, nourrie de mon propre lait, élevée…

– Élevée? Elle est bien bonne. Tu passes nous voir quand tu as le temps.

– Évidemment. Tu n'es pas encore intéressan…

– Je ne suis pas encore quoi?

– Rien. C'est sans importance.

– Ça m'a l'air très important, au contraire. Pourquoi est-ce que je ne suis pas encore intéressante ? Pourtant, j'ai poussé. Avec ma taille, je pourrais servir d'engrais à quatre ou cinq massifs de rosiers...

– Ha ! Misérable ! Hélas, désormais, j'ai droit au sarcasme ! À l'ironie ! Au cynisme ! À l'attaque perfide de mon propre enfant ! J'ai réchauffé un serpent dans mon sein ! Ne me secouez pas, non ! Je suis pleine de larmes... Élève un corbeau, il te mangera les yeux !

– Il faudrait savoir ! Je suis un serpent, ou un corbeau ?

– Méfie-toi. Hou, hi, hi ! Tu pourrais bien être les deux en même temps, si la fantaisie m'en prenait.

18

Ingrid la sorcière a décidé de m'appeler Johanna. Mon père était si émerveillé par sa petite fille qu'il y a à peine prêté attention, occupé qu'il était à me dorloter, me cajoler et me chouchouter. Sa femme était jalouse de l'attention qu'il me portait, mais il ne s'en rendait pas compte, non qu'il fût soudain indifférent à la présence de son épouse chérie, mais plutôt parce qu'il eût trouvé loufoque de comparer la tendresse prodiguée à un bébé à celle qu'on réserve à une adulte. La bonté, j'ai déjà donné mon avis là-dessus, possède sa propre intelligence.

Ingrid avait beaucoup raillé l'adoration que lui vouait son mari, mais elle ne désirait pas pour autant la partager. De plus, il allait falloir remettre l'ouvrage sur le métier : la sorcière avait encore à pondre, pour satisfaire ses sinistres projets.

Trois mois plus tard, alors qu'elle avait envoyé Nils chercher du pain d'épice à Umea, Ingrid a pondu ma sœur Agnes.

Encore trois mois, et ç'a été le tour de Greta, qui a vu le jour tandis que notre père le charpentier avait filé pour Örnsköldsvik afin d'y dénicher des gaufres.

– C'est vraiment un manque de malchance qu'est pas possible, a dit mon père. Chaque fois que je suis pas là, c'est le moment qu'elles naissent.

– Un manque de chance.

– Ben oui, c'est qu'est-ce que j'ai dit...

Ma mère, devenant un peu négligente par la force de l'habitude, a dessiné à Greta un faux nombril beaucoup trop haut sur le ventre. La plus jeune de mes sœurs est donc sans doute la seule fille au monde à afficher un nombril situé presque entre ses seins. Il est heureux que, dans notre pays, on ne passe pas son temps torse nu.

Les gens de Skelleftestad ont vu d'un très mauvais œil ces naissances rapprochées. Trois filles en neuf mois ? Mais que se passait-il chez les Swedenborg ?

– C'est familial, prétendait toujours Ingrid. Mais les villageois n'étaient pas aussi crédules que mon père. Dans le doute, ils eussent volontiers brûlé ma mère, et nous avec, mais Ingrid, qui était futée – les sorcières sont assez souvent futées, cela leur évite bien des séances de grillades –, a décidé de nous faire passer notre temps, à mes sœurs et à moi, au temple.

– Je veux des filles pieuses, c'est important, la piété, prétendait-elle devant qui voulait l'entendre. La piété apporte un sens moral, elle guide l'esprit, dans notre monde si dépravé, si dépourvu de toute spiritualité. Ah ! Si seulement il y avait moins de mécréants !

Elle avait tout de même réussi à ne pas mettre un pied elle-même dans le temple, depuis son mariage. Et c'est naturellement qu'elle a choisi mon père pour nous accompagner aux offices, qu'il aimait tant.

– C'est vrai, qu'est-ce qu'elle dit, votre mère. Votre grand-père le pasteur qui m'avait adoptionné aurait été si trop fier.

Notre présence constante au temple, voilà une façon comme une autre de répondre aux silencieux mais insistants soupçons que je sens poindre chez mes lecteurs : non, mes sœurs et moi n'étions pas des sorcières, juste parce que nous étions nées d'une sorcière. C'est un préjugé ridicule.

Premièrement, nous avons passé notre enfance au temple, baignées dans une religiosité sans faille, et jamais je n'ai eu l'envie de me gratter ni de tousser, lors des offices. Agnes et Greta non plus.

Deuxièmement, nous n'entendons pas un mot du langage des chats. Pour mes sœurs et moi, un « miaou » n'est qu'un « miaou ».

Troisièmement, nous n'avons absolument aucun pouvoir magique. Notre seule singularité serait, à la rigueur, d'avoir trois mois d'écart. Greta a quinze ans, Agnes quinze ans un quart, et moi, quinze ans et demi. À part donner des migraines à un médecin maniaque, je ne vois pas en quoi cela pourrait affecter qui que ce soit.

S'il fallait à tout prix nous dénicher quelque travers démoniaque, allons-y : Greta est très gourmande, Agnes égoïste, et moi, Johanna, peut-être un peu persifleuse. Mais si ce sont là des défauts de sorcières, alors l'humanité a du souci à se faire, car nous ne devons pas être les seules sur terre à souffrir de ce genre de tares.

Dès que nous avons été sevrées, Ingrid a commencé à voyager. Elle avait dit à mon père :

– Fini, les tétées ! C'est l'heure des bouillies, pour les gamines ! Et moi, j'irais bien faire un petit tour par-ci, par-là…

En fait de petit tour, elle s'en allait quinze jours, un mois, deux mois, parfois. Elle revenait rayonnante, ravie des sorts cataclysmiques qu'elle avait lancés sans entrave, sans le moindre voisinage suspicieux, exaltée par les sabbats épouvantables où elle s'était défoulée loin du regard désapprobateur des humains.

Nils lui faisait une telle confiance qu'il n'en était aucunement affecté.

– Regardez comme votre mère est resplendisseuse, les filles. Savez-vous qu'elle n'a pas vieilli d'un iota depuis que c'est que j'ai fait sa connaissance ? J'ai des cheveux blancs qui arrivent, mais elle, rien du tout ! Et vous savez pourquoi ? C'est la voyagerie !

– La... voyagerie ?

– Exploratorer ! Voir le monde ! C'est ce qu'il faut à mon Ingrid chérie !

– Tu me comprends si bien, mon Nils à moi, susurrait la sorcière, qui, enlaçant notre père, nous jetait par-dessus l'épaule du charpentier une espèce toute particulière de regard nous dissuadant de toute protestation.

Les hommes du village – leurs épouses, à l'occasion – disaient que Nils Swedenborg était un aveugle naïf, qu'il ne savait pas tenir sa femme, mais de cela ni mes sœurs ni moi ne nous souciions.

Quel est l'âne bâté qui a jamais prétendu qu'une femme avait besoin d'être tenue ?

19

Je ne risque pas d'oublier la fois où ma mère m'a prouvé qu'elle était une sorcière.

Ç'a été le jour de l'élan.

Des chasseurs de Skelleftestad avaient traqué un grand élan mâle dans la forêt qui jouxte le village, cette même forêt qui longtemps auparavant avait vu mon père faire sa cour à ma mère, ou, pour être plus exact, ma mère se laisser complaisamment courtiser.

L'animal affolé était sorti des bois et avait couru au hasard, jusqu'à se retrouver en plein milieu du village, perdu dans les ruelles étroites de Skelleftestad. Tout le monde s'en amusait, avec à peine un brin d'inquiétude, car un élan furieux et acculé peut se montrer dangereux. J'étais quant à moi doublement troublée, d'abord parce que je n'aimais pas voir cet animal apeuré raillé par les villageois, je trouvais le spectacle dégradant. Ensuite parce que ma mère venait, une minute plus tôt, de m'affirmer qu'elle était une sorcière, et c'est le genre de nouvelle qu'on digère avec un peu de difficulté. J'avais décidé de ne pas la croire.

– Ce n'est pas vrai. Tu n'es pas une sorcière.

– Eh si. C'est la vie. Ta petite maman est une vilaine sorcière.

– Pourquoi est-ce que tu me le dis seulement maintenant ?

– Mais je ne sais pas… Tu es grande, bientôt une jeune fille… Ah, je me rappelle encore tes beuglements de bébé… Il me paraît que c'était hier. Comme le temps passe.

– C'est ça. Le temps passe, on est peu de chose. Mais toi, en tout cas, tu n'es pas une sorcière.

– Ah non ? Tu vois l'élan ?

– Bien sûr que je le…

Il m'avait semblé que les immenses bois spatulés de l'animal s'était soudain agrandis.

Puis il ne m'avait plus rien semblé, l'évidence était là, glaçante : oh, oui, les bois grandissaient. Ils s'allongeaient et se déformaient à toute vitesse, chacune des pointes paraissant avoir trouvé son autonomie. Il y avait eu, dans la foule de Skelleftestad, des exclamations stupéfiantes. Les bois se dressaient en tous sens, coiffant le grand élan d'une sorte d'immense chevelure de gorgone.

– Ah, je ne suis pas une sorcière ?

Les bois de l'élan s'étaient encore étirés, allongés, s'enroulant autour de la fontaine du village, se collant le long des murs à l'instar d'un lierre animal ; bientôt je n'avais plus vu l'élan, mais l'enchevêtrement de ses bois. J'entendais également le crissement provoqué par la pression de cette magie sur les bâtiments, les édifices de Skelleftestad. La petite statue de la fontaine s'était brisée, comme sous l'emprise d'un serpent constricteur. Les bois continuaient à pousser, plus vite, toujours plus vite.

– Arrête ! Arrête, maman ! C'est vrai ! Tu es une sorcière ! Une sorcière !

N'importe quelle mère normale eût répliqué à cela par une volée de bois vert, mais Ingrid – qui échappait aux normes, c'est certain – m'avait lancé une œillade satisfaite.

– Très bien. Je vois que nous pouvons discuter entre personnes intelligentes.

Les bois avaient disparu à la seconde. L'élan également.

– Je l'ai rendu à la forêt. Et loin de ces chasseurs qui m'exaspèrent, m'avait confié ma mère. C'est incroyable comme les hommes peuvent se sentir hommes quand ils ont une arme à la main. Tiens ! Fêtons ça, ma chère Johanna !

D'un paresseux revers de main, Ingrid la sorcière, ma mère, avait fait naître dans le ciel un long ruban, vert et mauve, de lumière boréale. N'en déplaise, une fois de plus, aux savants qui disent tout connaître, je peux encore révéler cela : les aurores boréales, et les aurores australes, ne sont que le produit des caprices de sorcières. En général, c'est une des façons qu'elles ont de manifester leur satisfaction.

Les sorcières tropicales, qui ont un tempérament extrêmement festif, m'a dit un jour ma mère, choisissent de préférence les cyclones. Il faut croire que les habitants du Grand Nord et du Grand Sud ont plus de chance avec les humeurs de leurs sorcières.

Le jour de l'élan, j'ai découvert les immenses pouvoirs de ma mère, mais également sa formidable duplicité. Car à peine la pauvre bête rendue à sa forêt, Ingrid était sortie de chez nous afin d'aller se lamenter avec les villageoises. Pour qui ne la connaissait pas, on eût pu croire qu'elle était la plus affectée de toutes.

– Mon Dieu ! Mooon Dieu ! Est-ce possible ? Mais qu'est-ce que c'était ? Mooon Dieu ! Quelle horreur ! Tous ces… machins dégoûtants qui poussaient partout comme ça dans tous les sens ! Mooon Dieu ! Oh, là, là, là, là !

Entre deux jérémiades, elle me regardait avec malice. Ma frayeur et mon envie de rire nerveusement se combattaient avec férocité.

20

– Si vous ne voulez pas que je sois passée au gril, ou obligée de m'enfuir sans que vous puissiez jamais me revoir, il va falloir garder le silence, mes agnelles, nous a dit ma mère, à mes sœurs et à moi. Je suis une sorcière, mais il n'y a que mes mignonnes fifilles qui doivent le savoir.

– Et papa ? a demandé Agnes en se rongeant un ongle.

– Est-ce que c'est une question pertinente ? a répliqué Ingrid en croisant les bras. Est-ce qu'il y en a une parmi vous qui s'imagine que votre père pourra garder le secret plus de... dix minutes, disons ?

Greta, Agnes et moi nous sommes concertées d'un œil torve.

– Non.

– Non.

– Non.

– Eh bien, voilà qui est réglé !

Greta a donné un coup de pied maussade dans une plinthe du salon.

– Pourquoi est-ce que tu nous l'as dit, à nous ? Et puis, en plus, tu as commencé par Johanna. Ce n'est pas juste.

– Elle est l'aînée. Pas de beaucoup, hou, hi, hi, mais quand même. Pourquoi est-ce que je vous avoue mes mystères ? Mais… parce que vous êtes des petites malignes ! Et qu'une petite maligne qui vit avec une sorcière finit un jour ou l'autre par s'en rendre compte ! Hou, hi, hi ! Autant vous mettre au fait. J'aime la franchise.

Mes sœurs et moi avons échangé des sourires sarcastiques.

– Pas d'insolence ! Oui, j'aime la vérité ! C'est mal de mentir. Même par omission.

Agnes a éclaté de rire.

Nous avons vu la rougeur monter sur le visage de notre mère, comme un verre de vin qu'on remplit. Quand son front a été carmin jusqu'à la racine des cheveux, Ingrid la sorcière a murmuré :

– J'en connais qui vont se retrouver avec des verrues, et des oreilles pointues.

Ce sont des menaces qui feraient sourire d'ordinaire ; elles sont plus convaincantes quand elles sont proférées par une sorcière certifiée, capable d'arracher du sol sur un simple claquement de doigts un chêne centenaire, à cent mètres de distance, comme notre mère venait, un quart d'heure auparavant, à l'occasion d'une bucolique promenade, de le démontrer à mes sœurs. Quant à moi, l'épisode de l'élan m'avait déjà amplement convaincue.

Mon père sifflotait, promenant dans la maison sa bonne odeur de sciure de pin et son impérissable joie, même lorsqu'il rentrait fourbu d'une journée de travail harassante. Ma mère faisait ses petits voyages d'agrément. Agnes, Greta et moi allions à l'école ; presque tout, en somme, de la famille idéale. Et pourtant, sans que je fusse capable d'en comprendre la raison, à mesure que passaient les mois, je me sentais plus mal. Pas exactement malade, mais une sorte de langueur inhabituelle alternait avec des périodes de frénésie ; un peu comme si je ne m'appartenais plus. Comme si j'étais mue par quelque force. Pour ce qui était de mes sœurs, elles offraient une humeur égale, Greta se gavant de confiture dès qu'elle le pouvait, faisant des razzias sur les baies des futaies alentour,

Agnes, elle, s'admirant dans chaque miroir, et, la contemplant, je pouvais presque l'entendre penser : « Oh, je m'aime ! Je m'aime ! Que je suis belle et intelligente ! »

Rien de bien méchant.

Ce matin, Ingrid la sorcière, notre mère, est rentrée d'une de ses escapades fantasques. Sa peau était tannée par le soleil ; j'imagine qu'elle avait dû s'attarder en quelque pays chaud, mais de toute façon il est rare qu'elle donne des détails sur ses voyages. Saisie d'une envie irrépressible, je l'ai entraînée dans un coin, loin de l'agitation familiale, et je lui ai demandé :

– Pourquoi as-tu épousé papa ?

J'ai vu, dans son œil, cette lueur de malignité que j'avais appris à surprendre, alors qu'elle est si fugace.

– Par amour, Johanna ! Quoi d'autre ?

– Maman… pourquoi as-tu épousé papa ?

Ma mère a haussé les épaules.

– Tu ne te sens pas dans ton assiette, ces derniers temps, n'est-ce pas, Johanna ? Un peu de fébrilité, un chouïa de fatigue, hmm ?

Son ton ne me disait rien de bon. J'ai haussé les épaules en retour.

– Ça y est, tes seize ans approchent, a continué ma mère. Alors autant tout te dire. Seize ans, c'est l'âge sorcier.

– Qu'est-ce que tu me…

– L'âge où tu vas devenir une sorcière. Enfin… pour être précise, tu es déjà en train d'en devenir une. Mais à seize ans, tu le seras entièrement. Ne t'inquiète pas. Tu n'as rien à faire. Ça se produira… comme par magie ! Hou, hi, hi ! Ah, oui ! Je réponds à ta question. J'ai épousé ton père pour fabriquer des sorcières. Dans notre confrérie, il est assez mal vu de ne pas pondre… Et Nils s'occupe si bien de nous toutes !

– N'importe quoi !

– Il s'occupe mal de nous ?

– Je ne deviendrai pas une sorcière ! C'est ça qui est n'importe quoi ! Je suis normale !

– Normale, normale… Tu es bien sage et érudite, si tu peux m'expliquer ce que c'est, normale…

– C'est ne pas… ne pas multiplier les chevaux ! Ne pas faire neiger dans les maisons ! Ne pas…

– Ne pas naître dans un œuf ? J'ai gardé les coquilles dans une malle, au grenier. J'ai pensé qu'à tes sœurs et à toi cela ferait un souvenir…

– Je ne serai jamais une sorcière ! ai-je crié.

Puis suis je sortie de la maison en claquant la porte.

– Jamais ! ai-je répété à voix haute, dans la rue.

Perché sur un muret, le gros chat roux des voisins, celui qui arbore des yeux d'un orange insolent, a arrêté de se lécher la patte ; il m'a considérée, puis m'a dit :

– Belle journée, n'est-ce pas ? Mais on dirait que le vent se lève…